# Giacomo Leopardi

# Appressamento della morte

© 2023 Culturea Editions

Texte et illustration de couverture : © domaine public
Edition : Culturea (Hérault, 34)
Contact : infos@culturea.fr
Retrouvez notre catalogue sur http://culturea.fr
Imprimé en Allemagne par Books on Demand
Design typographique : Derek Murphy
Layout : Reedsy (https://reedsy.com/)

Dépôt légal : janvier 2023
Tous droits réservés pour tous pays

ISBN : 9791041845415

**Cantica**

**CANTO I**

Era morta la lampa in Occidente,

E queto 'l fumo sopra i tetti e queta

De' cani era la voce e de la gente:


Quand'i' volto a cercare eccelsa meta,

Mi ritrova' in mezzo a una gran landa,

Bella, che vinto è 'ngegno di poeta.


Spandeva suo chiaror per ogni banda

La sorella del sole, e fea d'argento

Gli arbori ch'a quel loco eran ghirlanda.


I rami folti gian cantando al vento,

E 'l mesto rosignol che sempre piagne

Diceva tra le frasche suo lamento.


Chiaro apparian da lungi le montagne,

E 'l suon d'un ruscelletto che correa

Empiea il ciel di dolcezza e le campagne.


Fiorita tutta la piaggia ridea,

E un'ombra vaga ne la valle bruna

Giù d'una collinetta discendea.


Sprezzando ira di gente e di fortuna,

Pel muto calle i' gia da me diviso,

Cui vestia 'l lume della bianca luna.


Quella vaghezza rimirando fiso,

Sentia l'auretta che gli odori spande,

Mollissima passarmi sopra 'l viso.


Se lieto i' fossi è van che tu dimande,

Grand'era 'l ben ch'aveva, ed era 'l bene

Onde speme nutria, di quel più grande.


Ahi son fumo quaggiù l'ore serene!

Un momento è letizia, e 'l pianto dura.

Ahi la tema è saggezza, error la spene.


Ecco imbrunir la notte, e farsi scura

La gran faccia del ciel ch'era sì bella,

E la dolcezza in cor farsi paura.


Un nugol torbo, padre di procella,

Sorgea di dietro ai monti e crescea tanto

Che non si vedea più luna né stella.

Io 'l mirava aggrandirsi d'ogni canto,

E salir su per l'aria a poco a poco,

E al ciel sopra mia testa farsi manto.


Veniva 'l lume ad ora ad or più fioco,

E 'ntanto tra le frasche crescea 'l vento,

E sbatteva le piante del bel loco,


E si facea più forte ogni momento

Con tale uno stridor che svolazzava

Tra le fronde ogni augel per lo spavento.


E la nube crescendo in giù calava

Ver la marina, sì che l'un suo lembo

Toccava i monti e l'altro il mar toccava.


Pareva 'l loco d'ombra muta in grembo

Di notte senza lampa chiusa cella,

E crescea 'l buio a lo 'ngrossar del nembo.


Già cominciava 'l suon de la procella,

E di lontan s'udiva urlar la pioggia

Come lupi d'intorno a morta agnella.


Dentro le nubi in paurosa foggia

Guizzavan lampi e mi fean batter gli occhi,

E n'era 'l terren tristo e l'aria roggia.


I' sentia già scrollarmisi i ginocchi

Ch'i tuoni brontolavano a quel metro

Che torrente vicin che giù trabocchi.


Talora i' mi sostava e l'aer tetro

Guardava spaurato e poi correa

Sì ch'i panni e le chiome ivano addietro.


E 'l duro vento col petto rompea

Che gocce fredde giù per l'aria nera

Soffiando, sopra 'l volto mi spignea.


E 'l tuon veniami 'ncontra come fera

Rugghiando orribilmente senza posa,

E cresceva la pioggia e la bufera.


E ne la selva era terribil cosa

Il volar foglie e rami e polve e sassi,

E 'l rombar che la lingua dir non osa.


I' non vedeva u' fossi ed u' m'andassi:

Tant'era pien di dotta e di terrore

Che non sapea più star né mover passi.

Era 'l balen sì spesso che 'l bagliore

S'accendea sempre e mai non era spento,

Perch' al fine i' ristetti a quell'orrore,


E mi rivolsi indietro; e 'n quel momento

Si stinse 'l lampo e tornò buja l'etra

Ed acquetossi 'l tuono e stette 'l vento.


Taceva 'l tutto, ed i' era di pietra

E sudava e tremava che la mente

Come 'l rimembra, per l'orror s'arretra;


E 'l palpitar si facea più frequente:

Quando com'astro che per l'aer caggia,

Un lume scese e femmisi presente.


Splendeva in quella tenebria selvaggia

Sì chiaro che vincea vampa di foco,

Qual fornace di notte in muta piaggia,


E splendendo cresceva a poco a poco;

E 'n mezzo vi pareva uman sembiante

Vago sì ch'a 'l ritrar mio stile è roco.


Ed i' tremava dal capo a le piante,

Ma pur dolcezza mi sentia nel petto

In levar gli occhi a quel che m'era innante.


Bianco vestia lo Spirto benedetto

Raggiante come d'Espero la stella,

E avea 'l crin biondo e giovenil l'aspetto.


Io l'Angel son che tua natura abbella,

Tua guardia, (e su i ginocchi allor cascai)

Cominciò quegli in sua santa favella.


La gran Signora da' sereni rai

Mandommi ch'ha di te pietade in cielo.

Poco t'è lunge 'l dì che tu morrai.


I' mi fei bianco in volto e venni gelo,

Attonito rimasi e mi sentia

Ritrarsi 'l core ed arricciarsi 'l pelo.


E muto stetti, e pur volea dir: Sia,

O Signor, quel ch'è fermo in tuo consiglio,

Ma voce de la strozza non uscia.


E sol potei chinar la fronte e 'l ciglio,

E caddi al suol boccone; e quegli allora

Levommi a un tratto e, Fa cor, disse, o figlio.

Non ti dolga di tua poca dimora

In questa piaggia trista, e non ti caglia

Ch'ancor del quarto lustro non se' fora.


Or ti parrà da quanto aspra battaglia

Voler sia de l'Eterno che for esca,

E come umana gente si travaglia,


E quant'è van quel che le menti adesca,

Ed ammiranda vision vedrai,

Per che gir di qua lunge non t'incresca,


E poi soggiunse: Mira, ed i' mirai.


## CANTO II


Parve di foco una vermiglia lista

A l'orizzonte a galla sopra 'l mare,

Ch'atava in quell'orror la dubbia vista:


Come di state dopo 'l nembo pare

Sul mar la notte luce di baleno

Che lambe l'acqua e l'ombre fa più rare;


O come ride striscia di sereno

Dopo la pioggia sopra la montagna,

Allor che 'l turbo placasi e vien meno.


Ed i' vedeva gente molta e magna

Passar non lunge innanzi a quel chiarore,

Che n'era piena tutta la campagna.


E primier vidi sogghignando Amore

Svolazzar su la gente di suo regno

Tanta ch'e' di quaggiù parea signore.


Iva misera turba che fu segno

A suoi strali roventi, e parea tutta

Atteggiata di doglia e di disdegno.


Questi son que' che ne la fera lutta

Di nostra vita vinse la gran possa

Di quel desio che pianto e morte frutta.


Quest'è la turba che nel mondo ingrossa

Al volger d'ogn'istante, e non vien manco

Per volar d'ora o spalancar di fossa.


Fermo i' guardava, e quel che m'era al fianco

(E 'l potea ben senza mirarmi in viso)

Scorse il dubbiar de lo 'ntelletto stanco.

E disse: Questa è gente che di riso

Non ebbe un'ora in vostra vita lassa,

Pur sempre ebbe a cercarlo il pensier fiso.


E nutrì speme pazza e voglia bassa,

Locando suo desire in cosa vana,

Ed amò ben che quando giugne, passa.


Quel vergognoso là che s'allontana,

È 'l Prence tristo per lo cui delitto

Tant'alta venne la virtù Romana.


Appio è quel là che conto a voi fe' 'l dritto,

Pel cui malvagio amore un'altra volta

Roma fu lieta e suo tiranno afflitto.


Antonio è quel che lamentar s'ascolta,

E di suo fato no ma par si lagne

Sol che sua donna scaltra gli sia tolta.


Vedi Parisse più vicin che piange

Ilio in faville e la reggia diserta

E morti i frati e serve le compagne


E d'erba e sassi la città coverta:

E fu cagion di tanta doglia Amore.

E vedi quel ch'ha sì gran piaga aperta.


È Turno, e per Lavinia è 'l suo dolore,

Per chi di morti fe' sì gran catasta

Quel ch'al Tebro menò le Teucre prore.


Vedi Sanson colà che mal contrasta

A Dalila, e 'l gran Re ch'anco si dole

Che sapienza contr'Amor non basta.


Mira quell'alme quivi che van sole

Con la faccia scarnata e 'l ciglio basso,

E movon lente e senza far parole.


Vestali furo, e sotto flebil sasso

Menolle dura legge e crudo foco

Di per loro a compor lo corpo lasso.


Vedi quanti ha malconci 'l tristo gioco,

E perduti ha 'l furor di voglia insana,

Che tempo lungo a noverargli è poco.


Guata quel truce là ch'a la Cristiana

Fede aprì 'l lato, e che nel suol Britanno

Di giusto sangue fe' tanta fontana,

E per Amor, di Re venne tiranno,

E mandò giù tant'alme a l'aria bruna,

Sì ch'ancor dura e sarà eterno 'l danno;


Per chi d'Anglia tal frotta si rauna

E mugolando s'addossa e si preme

Qual sozzo gregge a la 'nfernal laguna.


D'infinita sciaura Amor fu seme,

Che non sua sol ma van mill'alme ognora

Per lui 've 'l tristo eternamente freme.


Oh miser'Anglia che tanta dimora

Fai ne l'Errore, e non ti basta 'l lume

De la mental tua lampa a uscirne fora,


E già tutto conosci forchè 'l Nume,

E cieco nasce e non vi pensa e more

Tuo popol gramo vinto dal costume.


Poi sospirando disse: Or vedi, Amore

Com'è crudele al mondo, e com'è duro

Far ch'e' non giunga a palpeggiarti 'l core.


Sapienza non è sì saldo muro

Che nol dirompa forza di suo strale,

E chi men l'ha provato è men sicuro.


E se l'alma infermò di tanto male

E sente l'aspra punta, ov'è la pace?

E se pace non è, viver che vale?


Sì come chi per poi soggiunger tace,

Quel tacque, ed i' mi vidi un mesto avante

Giovane e tal che d'ello anco mi spiace.


Tanto mi vinse suo flebil sembiante

Che l'Angel di suo nome interrogai,

Benchè mio dir sonava ancor tremante.


E quel rispose: Da sua bocca udrai

Contar suo fallo e di suo fallo i danni.

E l'approcciammo, ed i' l'addimandai.


Ugo fui detto, e caddi in miei verd'anni,

E me Ferrara tra suoi forti avria,

Se non fosse 'l mio padre infra' tiranni,


Disse e ristette e quasi si pentia,

Poi seguitò: Mi trasse al punto estremo

Non so se di mio fato o colpa mia.

I' membro l'ora, ed in membrarla fremo,

Che prima vidi le sembianze ladre

Per ch'in eterno fra quest'alme gemo.


Vidi la donna misera che 'l padre

Erasi aggiunta, ma che 'l tristo letto

non fe' bello di prole e non fu madre.


E cura inquieta mi sentii nel petto

Che parea dolce, ma la voglia rea

Vanezza e tedio femmi ogni diletto.


Io fea contesa e forse ch'i' vincea,

Ma un dì fui sol con quella in muto loco,

E bramava ir lontano e non volea,


E palpitava, e 'l volto era di foco,

E al fine un punto fu che 'l cor non resse,

Tanto ch'i' dissi: t'amo, e 'l dir fu roco.


Vergogna allor sul ciglio mi s'impresse,

E la donna arrossar vidi e gir via

Senza far motto, come lo sapesse.


Poi nulla i' fei, ma tanto più che pria

Divampò 'l foco al soffio di speranza,

Ch'arder le vene e i polsi i' mi sentia.


Allor che tratto di mia queta stanza

Fui d'armato drappello in su la sera

Con ferità ch'ogni mio dire avanza,


E dentro muta torre in prigion nera

Chiuso che 'ndarno il genitor chiamava,

Immobil tra catene come fera.


Stupido e sol rimasi in quella cava

Ricercando mia colpa, ed oh dolore

In ricordarmi di mia voglia prava!


Era giunta la notte a le tard'ore

Che tace e per le vie gente non passa,

Quando fioco romor sentii di fore.


(O Italia mia dolente, o patria lassa

Che quant'alta a' bei giorni tanto cruda

Fosti a' più neri, e tanto ora se' bassa,


Ben sei di luce muta e d'onor nuda,

Che tigre fosti quando era tua possa,

E or se' pietosa ch'uom per te non suda!)

Orrendo un gel mi sdrucciolò per l'ossa,

E mancar sentii 'l fiato e 'l cor serrarse

Quand'a l'uscio udii dar la prima scossa.


Sonaro i ferri al suo dischiavacciarse,

E seguì di persona un calpestio,

E di lontana fiamma un chiaror parse.


Come chi vide 'l lampo che fuggio,

Aspetta lo fragore e sta sospeso,

Tal senza batter ciglio mi stett'io.


E 'l genitore entrar che tenea steso

Il destro braccio e ne la man mirai

Un ferro e 'n la sinistra un torchio acceso.


Morta è, disse, tua druda e tu morrai.

Su le ginocchia i' caddi in quel momento:

Piagneva e volea dir: mio padre, errai.


Ma la punta a mia gola e' ficcò drento,

E caddi con la bocca in su rivolta,

E 'l vital foco tutto non fu spento.


Parvemi che l'acciaro un'altra volta

Alzasse, e di vibrarlo stesse in forse;

Poscia com'uom che di lontano ascolta,

L'udii cercar de l'uscio: indi ritorse

Il passo, e 'n cor piantommi e lasciò 'l brando,

Perchè l'ultimo ghiaccio là mi corse.


E svolazzò lo spirto sospirando.


## CANTO III


I' lagrimava già per la pietate

Di quella miser'alma che perduta

Avea suo fallo e altrui crudelitate,


E 'l ciglio basso e la bocca era muta,

Quando 'l Celeste, Guata là quel duce,

Disse, ch'ha man grifagna ed unghia acuta.


È l'Avarizia, e dietro si conduce

Gregge che 'n vita fu de l'oro amico

Non perchè val tra voi ma perchè luce.


Del nome di que' duri io non ti dico,

Che non sudar perchè 'l sapesse 'l mondo

Quando lor tempo avria chiamato antico.

Ve' ch' han sul collo di gran soma pondo,

E van carpone e 'l capo in giù pendente,

Sì che lor faccia è presso d'ogn'immondo,


Però che prona al suolo ebber la mente,

E di gloria e del ciel non ebber cura,

Vivendo in terra come morta gente.


Or vedi quanto è trista e quanto è dura

Vostra vita mortal, che 'l fango e 'l fimo

Più che la gloria e 'l ciel per voi si cura.


Ben sete fatti di terrestre limo,

Che tanta gente cerca morta terra,

Per lo suo fine e per l'autor suo primo.


E pur bell'alma vostro corpo serra

Perchè ricerchi e trovi 'l sommo Amore,

Che pace è vostro fin, non questa guerra.


Qui tacque, e venne pallido 'l chiarore,

Ch'iva aliando fosca tenebria

Come nottola oscena, in quell'orrore.


Venia Gigante altissimo, e 'l seguia

Lunghissim'ombra piena di spavento,

Cieco così che brancolando gia.


Correa da prima ratto come vento,

Poi tenne 'l passo per lo buio calle,

Sì ch'iva al fine come neve lento.


Gli era infinito esercito a le spalle,

E di voci facea tanto certame

Che tutta piena d'eco era la valle.


Ivan latrando quelle genti grame,

E su lor crespa fronte e su la cava

Lor mascella parea seder la fame.


Al lume i' gli scorgea che s'avventava

Da le Angeliche forme ai visi smorti,

E men chiaro e più fioco ritornava.


Questi tenner sentieri oscuri e torti

In cercar verità, lo Spirto disse,

D'errar volenterosi, o malaccorti.


Vedi colui che così presto visse,

Zoroastro inventor di scienza vana,

E quel che 'nsegnò tanto e nulla scrisse:

I' dico 'l Samio mastro che l'umana

Mente fe' vil così che la ridusse

A starsi con le fere in bosco e 'n tana:


E quel da Citte che tanta produsse

Gente al dolor sì come al piacer dura,

E l'Abderita che la mente strusse,


E la Cinica turba che sicura

Da error non fu sotto 'l cencioso panno,

E 'l lercio duce de la mandra impura.


Ve' come soli e pensierosi vanno

Socrate e Plato e 'l magno di Stagira,

Sdegnando 'l gregge e lo comun tiranno.


Guata là que' nefandi pieni d'ira

Contra l'Eterno, sopra la cui testa

Solcato da baleni un turbo gira.


E sentigli ulular come foresta

Allor che 'nfuria 'l vento, e che rimbomba

Per l'aer fosco voce di tempesta.


Oh quanta gente è qui che ne la tomba

Non è fatta anco polve, oh quanta gente

Al disperato lago or tra lei piomba!


Come brulica giù l'onda bollente

Per color cui fe' vano il grande acquisto

Spietato inganno di corrotta mente!


Oh menti sciagurate, oh mondo tristo

Cui lo pensier del vero tanto spiace

Che par vergogna il ragionar di Cristo!


Già contra 'l ciel latrava, ed or si tace

Tua gente in guisa d'uom che non si cura,

Come a Dio conceduta abbia la pace.


Vedi, soggiunse, o figlio, com'è scura

Vostra terrena via piena di doglia,

E com'è fral quaggiù vostra natura.


Che tanta gente di seguir s'invoglia

Quel Gigante colà ch'è 'l tristo Errore,

E tanta ignara il fa contra sua voglia.


Quanti cercar saggezza e saldo onore

Che trovar fama tetra e falsitate,

E lor fu vano il trapassar de l'ore!

Oh savissime sole oh avventurate

L'alme che ricercar del sommo Bene!

Fumo già non trovar né vanitate.


23


Dier soda meta a lor non dubbia spene,

Bramando uscir di questa terra bassa

U' torpe Error che così presto viene.


Però 'l Gigante che tant'ombra lassa

Sopra 'l dolente esercito seguace,

Venne sì ratto e così lento passa.


Già la piaggia parea tornare in pace

Pel lontanar di quella turba folta

Sopra cui 'l lume eternamente tace.


Da lungi la s'udia come talvolta

Di nembo cui sul mar lo vento caccia,

L'urlar tra l'onde e 'l mormorar s'ascolta;


O notturna del mar cupa minaccia

Perchè 'l villan che presso il turbo crede

Si desta e sorge ed al balcon s'affaccia.


Allor ch'a un tratto sì come si vede

Campo di secche canne incontr'al sole,

Quand'e' co' rossi raggi a sera il fiede;


O come andar tra noi di faci suole

Notturno stuol, di Cristo appo 'l feretro,

Il dì che di sua morte il ciel si dole:


Cotal si vide in mezzo a l'aer tetro

Un lampeggiar di scudi e lance e spade

Che tremolava intorno a fero spetro.


Sua scossa asta parea grandin che cade

Con alto rombo giù da nugol nero

Su i tetti rimbalzando e per le strade.


Tentennava sua testa atro cimiero,

E pendea 'l brando nudo in rossa lista,

Digocciolando sangue in sul sentiero.


Iva 'l membruto mostro e facea trista

Tutta sua via, che dietro si lasciava

Foco ch'ardea tra l'erbe in fera vista.


Ve', l'Angel disse, la crudel che lava

Col sangue i campi, e col brando rovente

Fa tante piaghe e tante fosse scava.

Altro costume de l'umana gente:

Cacciar lo ferro gelido e la mano

Del prossimo nel corpo e del parente:


Correre e disertar lo monte e 'l piano,

E 'n un giorno e 'n un punto l'opra e 'l frutto

Di sudor molto e molta età far vano:


Strugger mura, arder tempi e farsi brutto

Di cenere e vestirsi di terrore,

E 'ngoiar le cittadi come flutto:


Guastar campagne e al pavido cultore

Messa la man tra le sudate chiome,

Di sua casuccia strascinarlo fore:


Brillar tra morti e 'nsanguinati come

Lion che 'n belva marcida si sfama;

Rider tra genti lagrimose e dome.


Dunque far solo il mondo è vostra brama,

E 'l viver vostro è per l'altrui morire,

E sì tra voi si viene in seggio e 'n fama?


Ve' di quegli aspri le sembianze dire

Lo cui passaggio al mondo fu guadagno,

E 'l natale e la vita fu martire.


Mira colui che nome ebbe di Magno,

E fe' di sangue Egizia frode rossa;

E 'l Pelide che piange suo compagno,


E Guerra maladice e la sua possa,

E presso ha 'l re de' re che 'l Teucro lido

Copre di spoglie sanguinose e d'ossa,


E vincitor però di ferro infido,

E per Guerra perdè la luce e 'l regno;

E quel che 'nvan divenne a tanto grido:


Il Macedone i' dico, ch'ha disdegno

Però ch'ir vana da la morta valle

Di sua man l'opra vide e di suo 'ngegno:


E Ciro e Brenno e Pirro ed Anniballe

Che grandi un tempo e fur meschini allora

Che fortuna lor dato ebbe le spalle;


E come Sol per nembo si scolora,

Vider lor fama intenebrarsi, e poi

Venir pallida e muta l'ultim'ora.

Così passa fortuna degli Eroi,

E la gran mole in un sol dì fracassa

Che tanto pianto fe' versar tra voi:


Com'onda a gli astri sorta che s'abbassa

E cade in un baleno e al pian s'agguaglia,

E di suo levamento orma non lassa.


Tacque, e cadeva 'l suon de la battaglia

Che giva di colei per lo sentiero

Che tutto 'l mondo misero travaglia.


E mostro altro pareva onde più fero

Non vede orma stampar su neve o sabbia

Lo Scita algente o 'l divampato Nero.


Aveva umane forme e umana labbia,

E passeggiar parean la guancia scura

L'invidia fredda e la rovente rabbia,


E a suo passaggio abbrividir natura,

Seccarsi l'erbe, e tremolar le piante

Scrollando i rami come per paura.


Nel buio viso l'occhio fiammeggiante,

A carbon tra la cenere, che splenda

Solingo in cieca stanza, era sembiante.


Al crin gli s'attorcea gemmata benda,

E scendea regio manto da le spalle

Com'acqua bruna che di rupe scenda.


Sprizzato era di sangue, e per lo calle

Di sangue un lago fea la sozza vesta,

Che in dubbia e torta striscia iva a la valle.


Seguialo incerto rombo di tempesta,

Ed egl'iva sospeso, e ogni momento

Il serto si cercava ne la testa.


Parea pien di sospetto e di spavento,

Guardavasi d'intorno, e tenea 'l passo

Al suon de' rami e al transito del vento.


Ecco 'l gran vermo d'uman sangue grasso,

Lo qual però che 'l mondo ha 'n sua balia,

Ben si conviene andar col ciglio basso.


Ecco 'l figliol di vostra codardia,

Cominciò quegli, ecco la belva lorda,

Ecco la perfid', ecco Tirannia.

Quella che sempre vora e sempre è 'ngorda

Quella ch'è cieca come marmo al pianto,

Quella ch'è al prego come bronzo sorda.


O mondo gramo e se' codardo tanto

Ch'uom su tuo' seggi può seder sicuro

Di sangue intriso la corona e 'l manto?


E quando etade ha suo passar maturo,

Passa 'l tiran già sazio, e allor pur anco

Trovar chi 'l biasmi e chi l'accusi è duro?


E di soffrir quest'orsa non se' stanco

Che ti ficca e rificca l'unghia e 'l dente

Nel rosso petto e 'n lo squarciato fianco?


Oh sciagurato mondo, oh età dolente,

Oh progenie d'Abisso atri tiranni,

Oh infamia eterna de l'umana gente!


Quest'è la bestia che da' tuoi verd'anni

T'arse di rabbia, e del cui lercio sangue

Tinta bramasti aver la mano e i panni.


Quest'è l'orribil idra, quest'è l'angue

Che gonfia sopra 'l mondo alza la cresta,

Perchè virtude è morta e 'l saper langue.


Vedi come la piaggia si fa mesta

Al passar de la fera, e ve' 'l pugnale

Ch'ha per iscettro, e 'l sangue che calpesta.


Vedi 'l nefando stuol che fu mortale

A lo sgraziato mondo, e da cui 'l mondo

Non ebbe che 'l campasse brando o strale.


Vedi Tiberio là, vedi l'immondo

Gregge di que' che ne l'età più nera

Italia tua gravar di tanto pondo.


Ve' 'l furbo più vicin che spinse a sera

La libertà Romana, e n'ebbe fama,

E ancor d'amici al mondo ha tanta schiera.


Ve' Periandro lo tristo che brama

Tenne d'aver tra' greci saggi onore,

E sua Corinto misera fe' grama.


Pur ve' che di vergogna e di furore

Arse talor la gente, ed avventosse

Col ferro nudo del tiranno al core.

Allora Armodio vidi ch'avea rosse

Le man de l'empio sangue, e per man rea

Cadde, e per fama a un punto rilevosse.


E 'l gran Corintio vidi che piangea

Sul prosteso fratel che venia manco

Pel colpo onde suo brando lo spegnea.


E Bruto del tiranno aprir lo fianco,

E del Romano Imperador primiero

Squarciato 'l petto vidi e 'l volto bianco.


I' tenea 'l guardo fiso ed il pensiero

A quella truce vista, allor che sparse

Ogni chiarore, e 'l ciel si fe' più nero.


E 'n un momento 'l vidi spalancarse:

Uscinne un tuono, e un fulmine strisciosse

Per l'etra, e su la fera cadde e l'arse,


E misto di faville un fumo alzosse.

**CANTO IV**


Tornò la piaggia queta: allor che sopra

Oscuro carro apparse un che si stava

Immoto in guisa d'uom cui sonno copra.


Sedeva, e sopra 'l petto gli cascava

La testa ciondolante, e 'l carro gia

Come va carro cui gran pondo grava.


Testuggini 'l traeano, e per la via

Moveasi taciturno e così lento

Che suon di rota o sasso non s'udia.


Vedi, 'l Celeste disse, quel ch'ha spento

La fama e 'l grido di que' magni tanti

Lo cui rinomo è gito come vento.


Vedi che 'ntorno al carro e dietro e innanti

Va quella gente trista lo cui volto

Tutto è 'nvoluto entro suoi lunghi manti.


Questa die' tempo lungo e sudor molto

Per viver dopo 'l passo, e tutto 'l frutto

De l'opra sua quel suo signor gli ha tolto.

Or muto di suo nome è 'l mondo tutto:

Pur die' la vita perch'eterno fosse,

E 'l mertava quant'altri, e que' l'ha strutto.


O sventurata gente, e che ti mosse

A ricercar quel che da Obblio si fura,

Sì che giace tua fama entro tue fosse?


Oh vita trista, oh miseranda cura!

Passa la vita e vien la cura manco,

E 'l frutto insiem con lor passa e non dura.


Quando posasti il moribondo fianco,

Dicesti: Assai vivemmo, e non fia mai

Che nostro nome di sonar sia stanco.


Misera gente, ah non vivesti assai

Per trionfar d'Obblio che tutto doma:

Invan per te vivesti e non vivrai.


Quanto me' fa colui che non si noma

Al mondo no, ma nomerassi in cielo

Quando deposto avrà la mortal soma.


Lui dolcezza sarà lo final gelo,

Nè teme Obblio, ch'avrà la terra a sdegno

Quando vedrà 'l gran Bello senza velo.


Or ti rafforza, o mio povero 'ngegno,

E t'aiti colui che tutto move

Che dir t'è d'uopo di suo santo regno.


Or prendi a far quaggiù l'ultime prove,

Ora a mia bocca ispira il canto estremo.

Cose altissime canto al mondo nove.


Ve', quel soggiunse, e 'n ripensarvi io tremo,

Che solcando si va questo mar tristo

Con iscommessa barca e fragil remo.


Assai travaglio assai dolore hai visto:

Or leva 'l guardo a le superne cose,

Or mira 'l frutto del divino acquisto.


I' sollevai le luci paurose

Inver lo cielo, e vidi quel ch'appena

Mie voci smorte di ridir son ose.


Come quando improvviso si serena

Il ciel già fosco sopra piaggia bella,

E 'l sol ridendo torna e 'l dì rimena,

E 'l loco sua letizia rinnovella

Mentre in ogn'altra parte è 'l ciel più nero

E tutto intorno chiuso da procella:


Così lassuso in mezzo a l'emispero

Fendersi vidi i nugoli e squarciarse,

E disfogando i rai farsi sentiero.


E poi l'aperta vidi dilatarse,

E crescer lo splendore a poco a poco,

Sì che lucido campo in cielo apparse.


Lume di Sole a petto a quello è fioco

Che rifletteasi 'n terra e 'l suol fea vago

Brillando tra le foglie del bel loco,


Qual da limpido ciel su queto lago

Cinto di piante in ermo loco il Sole

Versa sua luce e sua tranquilla imago.


Qui vengon manco al ver le mie parole,

Ch'i' vidi cose in mezzo a quel fulgore,

Cui dir non può la lingua, e 'l pensier vole.

Vidi distesa piaggia onde 'l colore

E 'l fiorire e 'l gioire e la beltate

M'aprir la mente e dilatarmi 'l core.

Canti s'udian sì dolci che di state

Men caro è sul meriggio in riva a un fiume

Udir gli augelli e l'aure innamorate.


Splendean l'erbette di sì vago lume

Che luccicar men vaghi a la mattina

I rugiadosi prati han per costume.


E la luce era tanta che la brina

Al Sol men chiaro splende, e men raggiante

Splende al Sol bianca neve in piaggia alpina.


Intrecciavansi i raggi tra le piante,

E rifletteansi in onde tanto chiare

Che quel fulgor quaggiù non ha sembiante.


Come se viva lampa a un tratto appare

In tenebrosa stanza, chi v'è drento

Forz'è che 'l lume con la man ripare:


Sì mi vinser que' raggi in un momento:

Perchè l'umide luci i' riserrai,

Che 'l poter venne manco a l'ardimento.


E l'Angel disse: mira, ed i' levai

Lo sguardo un'altra volta, e vidi quanto

Nostra sola virtù non vide mai.


Alme vestite di lucido manto

Ivan per quelle vie del Paradiso,

Sciolte le labbra al sempiterno canto.


Oh che soavi lumi, oh che bel viso,

Oh che dolci atti in quel beato stuolo,

Oh che voci, oh che gioia, oh che sorriso!


Allor mi parve abbandonato e solo

Questo misero mondo, e 'l dolor molto

E 'l piacer nullo in questo basso suolo.


Più ch'astro fiammeggiante era lor volto,

E 'n guisa d'uom che placido si bea,

E' 'l tenean fermo e tutto in su rivolto.


S'allegrava 'l terren quando 'l premea

Alcun de' Santi con l'eterno piede,

E ogn'erba da lor tocca più lucea.


Mira de' Giusti la beata sede,

Mira la patria, mira 'l sommo regno

Cui non cura 'l mortal perchè nol vede.

Or sì lo tristo suol verratti a sdegno,

Disse 'l Celeste, or sì ti saria duro

Drizzar la mente a men beato segno.


O 'ntelletto mortal, come se' scuro,

Che cerchi morte e duol, per questa terra

Che da doglia e da morte fa sicuro!


Vedi color che 'l santo loco serra

Com' or son lieti ne l'eterna pace,

Vinta presto quaggiù la mortal guerra.


Mira 'l vate regal che sì ferace

Ebbe di canti sua divina cetra,

E tra gli altri lassuso or già non tace.


Vedi 'l magno Alighier che sopra l'etra

Ricordasi ch'ascese un'altra volta,

E del dir vostro pose la gran pietra.


E vedi quel vicin ch'anco s'ascolta

Lagnarsi che la mente al mondo tristo

Ebbe a cosa mortal troppo rivolta.


Mira colui che lagrimar fu visto

Tutta sua vita, e or di suo pianto ha 'l frutto,

E cantò l'armi e 'l glorioso acquisto.


Oh dolce pianto, oh fortunato lutto,

Oh vento che 'l nocchier sospinse al porto

U' nol conturba più vento nè flutto!


I' stava in quella vista tutto assorto

Quando repente correr come strale

Un lampo vidi da l'occaso a l'orto.


Allor per l'aria tutta batter l'ale

Rugghiando i quattro venti, e 'l tuon mugghiare

Dal boreal deserto al polo australe,


E sbattersi da lungi e dicrollare

Lor cime i monti, e dal profondo seno

Metter continuo cupo ululo il mare,


E l'aria farsi roggia in un baleno

Come le nubi a sera in occidente,

E sotto a' piedi ansando ir lo terreno,


E 'l ruscel che venuto era torrente,

Spumar fumar con alto gorgoglìo

Sì come in vaso al foco onda bollente.

Quando con suon vastissimo s'aprio

In mezzo al santo loco il ciel più addrento,

E allor cademmo al suol l'Angelo ed io.


E tra sua luce sopra 'l firmamento

Apparve Cristo e avea la Madre al fianco,

E tutto tacque e stette in quel momento.


Così smarrissi lo 'ntelletto stanco

Quando l'Angel mi fe' levar lo viso,

Che 'n lo membrar la voce e 'l cor vien manco.


Vidi Cristo, e non sono in Paradiso?

E Maria vidi, e 'n terra anco mi veggio?

E vidi 'l cielo, e altrui pur lo diviso?


O Cristo, o Madre, o sempiterno seggio

U' celeste si fa nostra natura,

Che narrar di voi posso e che dir deggio?


T'allegra omai, che tua stagion matura,

Disse lo Spirto, e sei presso a la sede

Ove letizia eternamente dura.


Cristo e la Madre vede, e sol non vede

Tuo mortal guardo quel che veder mai

Non può da questo mondo altro che fede.


Quella nube tel cela da' cui rai

Lo fiammeggiar di cento Soli è vinto,

Dove pur di mirar forza non hai.


Dico la somma Essenza inver cui spinto

È dal cor suo ma ch'a mirar non basta

Uom da suo corpo a questa terra avvinto.


Conto t'è 'l mondo omai, conta la vasta

Solitudin terrena ov'uomo ad uomo

Ed a se stesso ed a suo ben contrasta.


Vedesti i frutti del piagnevol pomo,

E 'l cercar gioia che 'n dolor si muta,

E le vane speranze e 'l van rinomo:


Come dietro ad Error sen va perduta

Tanta misera gente, e come tanti

Visser per Fama di cui Fama è muta.


Vedesti i feri guai vedesti i pianti

Che reca armato chi ragion non prezza,

E i crudi giochi e i luttuosi vanti.

Che far nel mondo vostro dove spezza

Sue leggi e suo dover lo rege ei pure,

E misero diviene in tant'altezza,


Se non cercar del cielo ove sicure

Son l'alme dal furor de la tempesta,

E tema è morta e le roventi cure?


E lo ciel ti si dona. Omai t'appresta,

Che veduto non hai sogni nè larve:

Certa e verace vision fu questa.


Presso è 'l dì che morrai. Qui tutto sparve.


## CANTO V


Dunque morir bisogna, e ancor non vidi

Venti volte gravar neve 'l mio tetto,

Venti rifar le rondinelle i nidi?


Sento che va languendo entro mio petto

La vital fiamma, e 'ntorno guardo, e al mondo

Sol per me veggo il funeral mio letto.


E sento del pensier l'immenso pondo,

Sì che vo 'l labbro muto e 'l viso smorto,

E quasi mio dolor più non ascondo.


Poco andare ha mio corpo ad esser morto.

I' mi rivolgo indietro e guardo e piagno

In veder che mio giorno fu sì corto.


E 'n mirar questo misero compagno

Cui mancò tempo sì ch'appien non crebbe,

Dico: misero nacqui, e ben mi lagno.


Trista è la vita, so, morir si debbe;

Ma men tristo è 'l morire a cui la vita

Che ben conosce, u' spesso pianse, increbbe.


I' piango or primamente in su l'uscita

Di questa mortal piaggia, che mia via

Ove l'altrui comincia ivi è finita.


I' piango adesso, e mai non piansi pria:

Sperai ben quel che gioventude spera,

Quel desiai che gioventù desia.


Non vidi come speme cada e pera,

E 'l desio resti e mai non venga pieno,

Così che lasso cor giunga la sera.

Seppi, non vidi, e per saper, nel seno

Non si stingue la speme e non s'acqueta,

E 'l desir non si placa e non vien meno.


Ardea come fiammella chiara e lieta,

Mia speme in cor pasciuta dal desio

Quando di mio sentier vidi la meta.


Allora un lampo la notte m'aprio,

E tutto cader vidi, allor piagnendo

Ai miei dolci pensieri i' dissi: addio.


Già l'avvenir guardava, e sorridendo

Dicea: Lucida fama al mondo dura,

Fama quaggiù sol cerco e fama attendo.


Misero 'ngegno non mi die' natura.

Anco fanciullo son: mie forze sento:

A volo andrò battendo ala sicura.


Son vate: i' salgo e 'nver lo ciel m'avvento,

Ardo fremo desio sento la viva

Fiamma d'Apollo e 'l sopruman talento.


Grande fia che mi dica e che mi scriva

Italia e 'l mondo, e non vedrò mia fama

Tacer col corpo da la morta riva.


Sento ch'ad alte imprese il cor mi chiama.

A morir non son nato, eterno sono

Che 'ndarno 'l core eternità non brama.


Mentre 'nvan mi lusingo e 'nvan ragiono,

Tutto dispare, e mi vien morte innante,

E mi lascia mia speme in abbandono.


Ahi mio nome morrà. Sì come infante

Che parlato non abbia i' vedrò sera,

E mia morte al natal sarà sembiante.


Sarò com'un de la volgare schiera,

E morrò come mai non fossi nato,

Nè saprà 'l mondo che nel mondo io m'era.


Oh durissima legge, oh crudo fato!

Qui piango e vegno men, che saprei morte,

Obblivion non so vedermi allato.


Viver cercai quaggiù d'età più forte,

E pero e 'ncontr' a Obblio non ho più scampo,

E cedo, e me trionfa ira di sorte.

Morir quand'anco in terra orma non stampo?

Nè di me lascerò vestigio al mondo

Maggior ch'in acqua soffio, in aria lampo?


Che non scesi bambin giù nel profondo?

E a che se tutto di qua suso ir deggio,

Fu lo materno sen di me fecondo?


Eterno Dio, per te son nato, il veggio,

Che non è per quaggiù lo spirto mio,

Per te son nato e per l'eterno seggio.

Deh tu rivolgi lo basso desio

Inver lo santo regno inver lo porto.

O dolci studi o care muse, addio.


Addio speranze, addio vago conforto

Del poco viver mio che già trapassa:

Itene ad altri pur com'i' sia morto.


E tu pur, Gloria, addio, che già s'abbassa

Mio tenebroso giorno e cade omai,

E mia vita sul mondo ombra non lassa.


Per te pensoso e muto alsi e sudai,

E te cerca avrei sempre al mondo sola,

Pur non t'ebbi quaggiù nè t'avrò mai.

Povera cetra mia, già mi t'invola

La man fredda di morte, e tra le dita

Lo suon mi tronca e 'n bocca la parola.


Presto spira tuo suon, presto mia vita:

Teco finito ho questo ultimo canto,

E col mio canto è l'opra tua compita.


Or bianco 'l viso, e l'occhio pien di pianto,

A te mi volgo, o Padre o Re supremo

O Creatore o Servatore o Santo.


Tutto son tuo. Sola Speranza, io tremo

E sento 'l cor che batte e sento un gelo

Quando penso ch'appressa il punto estremo.


Deh m'aita a por giù lo mortal velo,

E come fia lo spirto uscito fore,

Nol merto no, ma lo raccogli in cielo.


T'amai nel mondo tristo, o sommo Amore,

Innanzi a tutto, e fu quando peccai,

Colpa di fral non di perverso core.


O Vergin Diva, se prosteso mai

Caddi in membrarti, a questo mondo basso,

Se mai ti dissi Madre e se t'amai,

Deh tu soccorri lo spirito lasso

Quando de l'ore udrà l'ultimo suono,

Deh tu m'aita ne l'orrendo passo.

O Padre o Redentor, se tuo perdono

Vestirà l'alma, sì ch'io mora e poi

Venga timido spirto anzi a tuo trono,

E se 'l mondo cangiar co' premi tuoi

Deggio morendo e con tua santa schiera,

Giunga 'l sospir di morte, e poi che 'l vuoi,

Mi copra un sasso, e mia memoria pera.